TABLEAUX

ET

ÉTUDES

PAR

A. FEYEN-PERRIN

Commissaire-Priseur, Me LÉON TUAL

56, rue de la Victoire, 56.

Expert, Mr BERNHEIM Jeune

8, rue Laffitte, 8.

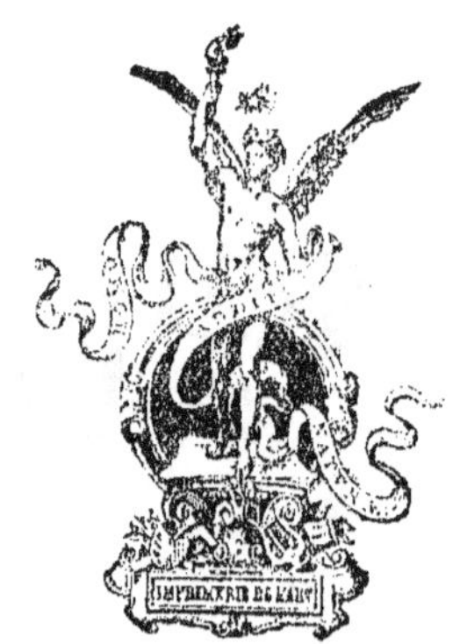
IMPRIMERIE DE L'ART

CATALOGUE

DE

TABLEAUX

ET ÉTUDES

PAR

A. FEYEN-PERRIN

Appartenant à M. H...

DONT LA VENTE AURA LIEU

HOTEL DROUOT, SALLE N° 8

Le Mercredi 21 Avril 1886

A 3 HEURES PRÉCISES

Par le Ministère de M⁰ Léon TUAL, commissaire-priseur

56, rue de la Victoire, 56

Assisté de M. BERNHEIM Jeune, expert

8, rue Laffitte, 8

EXPOSITION PARTICULIÈRE

GALERIE BERNHEIM JEUNE

8, rue Laffitte, 8

Les Mercredi 14, Jeudi 15, Vendredi 16, Samedi 17 et Lundi 19 Avril 1886

DE 1 HEURE A SIX HEURES

EXPOSITION PUBLIQUE

HOTEL DROUOT, SALLE N° 8

Le Mardi 20 Avril 1886, de 1 heure à 5 heures et demie

CONDITIONS DE LA VENTE

Elle sera faite au comptant.

Les adjudicataires paieront *cinq pour cent* en sus des enchères, applicables aux frais.

Paris. — Imp. de l'Art. E. Ménard et J. Augry, 41, rue de la Victoire.

'EST toujours un attrait pour les curieux et un régal pour les délicats que la réunion, même fortuite, d'ouvrages d'un peintre occupant, dans l'art contemporain, une place aussi considérable et surtout aussi originale que Feyen-Perrin.

Pour ceux qui, depuis vingt ans, ont suivi l'artiste dans le développement laborieux et constant de sa personnalité, qui n'ont cessé d'admirer sa fidélité à un art noble et délicat à la fois, c'est une bonne fortune que ce groupement, rapide hélas! puisque le vent banal des enchères en aura vite raison, de tableaux et d'études que relie une même pensée, à travers une diversité merveilleuse d'impressions et de sujets.

A ses premiers envois au Salon, parmi lesquels je rappellerai *la Barque de Caron*, Feyen-Perrin s'était annoncé comme un de nos meilleurs peintres de nu. A un sentiment élevé de la forme il joignait une vigueur dans le rendu, qui en faisait un exécutant hors ligne de morceaux.

Puis la modernité, sans laquelle il n'est pas d'art vivant, le tenta, non pas la modernité vulgaire à laquelle un si grand nombre sacrifient aujourd'hui, mais celle où la grandeur du décor rachète l'humilité apparente des acteurs et des choses. La mer lui fut une tentation irrésistible, la mer avec son ciel qui en double l'infini, avec ses horizons grandioses, mais aussi avec ses hôtes hasardeux, avec ses riverains pauvres et pittoresques, ses pêcheurs et ses belles filles aux pieds nus, « paovres gens guaignant cahin caha leur chétive vie », comme dit Rabelais.

Ce ne fut pas du premier coup, d'ailleurs, qu'il aborda ce

difficile problème de la grande figure en haillons, dans la vérité souvent périlleuse du type et du costume. Vous rappelez-vous la femme couchée sur le ventre, dans le sable, qui fit si grande impression, et dont une lumière argentée, finement tamisée par un ciel coupé de petits nuages, baignait les épaules et la croupe ? Ainsi lui apparaissait d'abord la grande âme de la mer, sous les traits d'une Néréide mélancolique ou d'une Ariadne abandonnée. Puis l'audace lui vint et ce fut une surprise pour tous que cette interprétation, si sincère et si poétique à la fois, de la vie misérable et rêveuse des femmes qui attendent sans cesse, sur la plage, les frères et les maris absents.

Il devint soudain l'historiographe de la Mer de Bretagne; il illustra d'une façon magistrale, en la développant, la belle chanson de Sully Prud'homme qui a pour refrain :

A Douarnenez en Bretagne.

Pêcheuses d'équilles penchées sur le sable mouillé et bleu par places, porteuses d'huîtres arcboutant sur leur hanche leur lourd panier, marchandes de poissons se rendant à la ville encore lointaine, tricoteuses au front incliné sur leurs aiguilles, passagères attendant la barque qui les emportera, monteuses d'ânes dont les paisibles montures s'alignent dans un pas rythmique et résigné, toutes ces héroïnes du grand drame sans péripéties dont l'Océan est le décor magnifique et indifférent, ont pris, sous son pinceau, une vie singulièrement intense, fidèle et non encore révélée. Dans toutes ces figures empreintes d'un sentiment si vrai, se retrouve la forte éducation première de l'artiste; de beaux seins jeunes et robustes gonflent ces fichus; toutes ces faces tour à tour fouettées par le vent et nacrées par l'air salé sont pétries d'une chair vigoureuse sous la pénombre des coiffures nouées au menton; les pieds et les mains qui, seuls, émergent des vêtements bien remplis sont d'un dessin superbe. Et puis le sens délicat des beautés de la femme, même dans les conditions les plus humbles, est sans cesse affirmé, et il en est parmi ces pêcheuses, qui font encore penser aux jolis vers de François Villon :

Corps féminin qui tant est tendre,
Polly, suave et précieulx !

Parfois l'inspiration de l'artiste s'est élevée à des trouvailles de geste, à des splendeurs d'attitude dignes de la statuaire. Témoin cette vanneuse que nous retrouvons ici accompagnée, et qui, les bras tendus, semble jeter au vent une poussière d'or.

Dans les tableaux et études rassemblés ici, et qui ne seront vendus qu'après une exposition de plusieurs jours dans la galerie Bernheim jeune, elles revivent toutes ces images nobles et gracieuses de la femme au bord de la mer, ici sur une toile caressée avec amour, là dans la saveur si particulière d'une ébauche volontairement abandonnée. Car parfois l'artiste s'en tient à cette impression spontanée et directe des choses, désespérant d'en retrouver la fidélité et l'effet sincère dans une œuvre plus poussée. J'imagine qu'elles intéresseront particulièrement les amateurs, ces improvisations brillantes devant la nature, qui semblent comme haletantes encore des grands souffles de l'Océan. Il y a là tel ciel brumeux reflété dans les flaques d'eau éparses sur le sable, tel paysage noyé de vapeurs et aux horizons infinis avec des personnages perdus eux-mêmes dans ce brouillard où toutes les lignes s'estompent, qui, mieux certainement qu'un sonnet sans défaut ne vaut un long poème, vaut les plus grandioses marines et les plus achevées des maîtres contemporains. Voilà, en vérité, de l'admirable impressionisme, dans le seul sens vraiment louable du mot.

J'ai dit au début, que l'intérêt de cette exposition et de cette vente était dans la grande diversité des œuvres soumises au public. Ce n'est pas seulement, en effet, le poète des rochers de Douarnenez et de Saint-Malo que nous trouvons ici, mais une véritable synthèse de l'œuvre si varié de Feyen-Perrin. Voyez plutôt ce *Pêcheur de truites* dans la fraîcheur d'un bois profond qui fait songer aux motifs si souvent traités par Français empruntés à la vallée de Cernay; et cette *Danse au crépuscule*, d'une majesté païenne si purement idyllique et qui est comme une vision des olympes fermés, comme un mirage des temps glorieux et évanouis où la nudité de la femme était divinisée par les sculpteurs et par les poètes ; et ce *Printemps* où la jeunesse inconsciente s'attendrit parmi les fleurs qui couvrent les ruines; et cette *Méditation*, et cette *Rêverie* où la pensée vague de la femme, où son amour obscur des choses sont surpris avec une intuition si parfaite de la poésie non formulée qu'elle porte invinciblement en elle; *le Bain* nous ramène dans le monde lointain où pleure encore l'immortel écho des chants de Théocrite et de Virgile; puis voici une composition d'un symbolisme vraiment superbe, *la Voie lactée* figurée par un enchevêtrement de corps féminins mêlant leurs blancheurs confuses et lumineuses sur l'azur sombre du ciel nocturne. En vérité, toutes les notes sont dans ce concert. Comme un livre justement fameux, voilà qui pourrait s'appeler : toute la lyre !

Mais, et c'est là où j'en veux venir, comme l'artiste demeure un, demeure lui-même, reste immédiatement reconnaissable dans cette multiplicité de manifestations! Le Feyen-Perrin des grandes figures nues n'a pas été trop copié, par l'excellente raison qu'on n'aborde le nu qu'avec une éducation professionnelle rare aujourd'hui. Mais le *servum pecus* des imitateurs s'est précipité à la suite du peintre de pêcheuses et de matelots. Eh bien, jamais œuvre d'aucun d'eux n'a fait illusion une seconde, même de loin. A son habileté magistrale d'exécution l'artiste ajoute un sentiment de poésie si intime et si personnel, il met vraiment tant de son âme dans ce qu'il décrit qu'il demeure absolument inimitable. Ceci est un point essentiel. Car il n'est pas de plus grand signe de force que cette originalité dont le sceau s'imprime aux œuvres et les signe plus encore que la main de l'auteur.

Mon verre n'est pas grand, mais je bois dans mon verre,

a trop dit modestement Alfred de Musset. Ainsi pourrait dire Feyen-Perrin, avec cette différence que son verre à lui est immense, la coupe bleue de l'Océan ! C'est une fatalité douce d'ailleurs, que les tableaux des peintres possédant cette qualité maîtresse de ne pouvoir être aisément plagiés atteignent toujours, par la suite, un prix considérable. C'est comme une monnaie de grande valeur sûrement estampillée. Feyen-Perrin a beaucoup produit. Mais eût-il été cent fois plus fécond encore que ces toiles n'en sauraient logiquement ressentir aucune dépréciation même momentanée. Il n'y en aura jamais assez, je l'espère, pour toutes les galeries de l'avenir et leur place est cependant marquée, à travers les plus illustres voisinages, dans toutes les collections ayant le respect d'elles-mêmes, chez tous les amateurs ayant une teinture d'esthétique et jaloux de leur renommée de goût.

Ainsi grandira encore la renommée d'un peintre qui, si aimé qu'il soit des délicats et admiré du public, me semble devoir attendre davantage de l'avenir que du présent, parce qu'il n'a pas escompté, par la recherche des succès faciles, l'immortalité due au souvenir de son talent, parce qu'il laissera certainement dans l'art une trace aussi glorieuse que durable, étant de ceux qui ont su demeurer poètes et penseurs, tout en interprétant la vie dans un sentiment inexorable de sincérité, également fidèles à ce qui est passagèrement vrai et éternellement beau.

Armand Silvestre.

7 Avril 1886.

DÉSIGNATION

7 — *La Pêche aux équilles.*

        Haut., 40 cent.; larg., 72 cent.

8 — *Femme au puits.*

        Haut., 49 cent.; larg., 32 cent.

9 — *Allant au marché.*

        Haut., 37 cent.; larg., 22 cent.

10 — *Huîtres.*

        Haut., 25 cent.; larg., 33 cent.

11 — *Jeune Cancalaise partant pour le marché.*

        Haut., 66 cent.; larg., 50 cent.

12 — *Méditation.*

        Haut., 72 cent.; larg., 44 cent.

13 — *Rêverie.*

        Haut., 85 cent.; larg., 49 cent.

14 — *Sur la plage.*

        Haut., 51 cent.; larg., 38 cent.

15 — *Femme à la brouette.*

        Haut.. 56 cent.; larg., 45 cent.

16 — *A la fenêtre.*

Haut., 56 cent.; larg., 45 cent.

17 — *Vieille tricoteuse.*

Haut., 75 cent.; larg., 53 cent.

18 — *Pêcheurs de crevettes.*

Haut., 41 cent.; larg., 62 cent.

19 — *Pêcheurs de truites.*

Haut., 35 cent.; larg., 27 cent.

20 — *Le Soir.*

Haut., 41 cent.; larg., 32 cent.

21 — *Armorica.*

Haut., 39 cent.; larg., 76 cent.

22 — *Le Repos.*

Haut., 60 cent.; larg., 38 cent.

23 — *Les Femmes de l'île de Batz.*

Haut., 41 cent.; larg., 56 cent.

24 — *Attendant le passage.*

Haut., 41 cent.; larg., 56 cent.

25 — *Pêcheurs de truites.*

> Haut., 32 cent.; larg., 41 cent.

26 — *Marie-Jeanne.*

> Haut., 51 cent.; larg., 28 cent.

27 — *Partant pour la pêche.*

> Haut., 45 cent.; larg., 28 cent.

28 — *La Danse au crépuscule.*

> Haut., 27 cent.; larg., 41 cent.

29 — *Le Printemps.*

> Haut., 55 cent.; larg., 32 cent.

30 — *Sur les arbres.*

> Haut., 32 cent.; larg., 24 cent.

31 — *Le Chemin du marché.*

> Haut., 52 cent.; larg., 73 cent.

32 — *Le Bain.*

> Haut., 38 cent.; larg., 49 cent.

33 — *Retour de pêche.*

> Haut., 55 cent.; larg., 45 cent

34 — *Tricoteuses.*

Haut., 63 cent., larg., 42 cent.

35 — *La Muse du souvenir.*

Haut., 45 cent.; larg., 28 cent.

36 — *Au bord de la mer.*

Haut., 37 cent.; larg., 27 cent.

37 — *La Marchande de poissons.*

Haut., 61 cent.; larg., 34 cent.

38 — *La Voie lactée.*

Haut., 37 cent.; larg., 54 cent.

39 — *La Tricoteuse*

Haut., 59 cent.; larg., 33 cent.

40 — *La Douleur.*

Haut., 59 cent.; larg., 33 cent.

41 — *La Moissonneuse.*

Haut., 59 cent.; larg., 32 cent.

42 — *A Scheveningue.*

Haut., 67 cent.; larg., 92 cent.

43 — *Vanneuse de Cancale.*

Haut., 1 mètre; larg., 49 cent.

44 — *Les Blés d'or.*

Haut., 34 cent.; larg., 18 cent.